AF130994

Pierre Léoutre

CHEVAUX DE TROIE

Ce livre est une œuvre de fiction,
uniquement fondée sur des informations ouvertes.

Le ministre de l'Intérieur était en pétard : à cause d'une réunion tardive au palais de l'Élysée et ses conséquences, il ne serait pas à l'heure chez sa maîtresse, une accorte assistante parlementaire de 35 ans, à forte poitrine, qui acceptait de lui lécher longuement la plante des pieds avant leur accouplement. Mais le ministre avait le sens de l'État et surtout avait reçu des instructions précises et urgentes du président de la République, qui avait lu une note confidentielle des renseignements militaires, annonçant une vague d'attentats en France, à la suite des confidences d'un informateur syrien domicilié à Beyrouth. Du coup, le ministre avait convoqué illico le directeur de la puissante DGSI, la direction générale de la surveillance intérieure, l'équivalent policier des militaires de la DGSE, la direction générale de la sécurité extérieure. La DGSI, qui avait succédé à la brillante DST puis à la fugace DCRI, avait pour mission de protéger le territoire et la population française de toutes les ingérences nuisibles, espionnage et terrorisme international. Le ministre, qui était parfois agacé par l'humour sophistiqué et l'assurance du directeur de la DGSI, avait bien l'intention de le mettre au pied du mur en lui demandant de résoudre urgemment ce problème et d'annihiler, une fois encore, la menace terroriste qui planait sur la douce France.

La voiture du ministre s'engagea dans le grand porche de la place Beauvau, siège du ministère de l'intérieur, puis se gara dans la cour. Le ministre bondit hors de son véhicule et fonça vers son bureau, où l'attendait déjà le directeur de la DGSI. Quant au chauffeur du ministre, il attendit patiemment au volant de la voiture, car il connaissait la prochaine destination de son patron, un appartement discret du XVIe arrondissement de Paris dans lequel la jeune maîtresse, avisée téléphoniquement du retard de son amant gouvernemental, chantonnait joyeusement une œuvre fameuse de Pierre Perret.

- Bonjour, cher ami, dit le ministre. J'arrive de l'Élysée, vos homologues de la Défense ont lâché un renseignement qui a fait du bruit en haut lieu ! Vous étiez au courant ?

- Oui, bien entendu, répondit calmement le directeur de la DGSI. Nous allons gérer, comme d'habitude.

- Oui mais là, je veux des résultats rapides et visibles ! Et nous allons faire de la communication politique sur ce dossier, ce sera la réponse du berger de l'intérieur à la bergère de la Défense. Je veux votre meilleure équipe sur le coup. Qui avez-vous ?

- La section T.

- C'est quoi, la section T ?

- T, comme Tango, Terrorisme, Toulouse, Tulipe, Tsoin-Tsoin... C'est assez confidentiel. Il s'agit d'une excellente équipe, basée à Toulouse.

- Je peux les rencontrer ?

- Vous êtes le ministre, vous avez tous les droits. Mais je préviens, ils sont un peu particuliers. Ne vous attendez pas à un défilé de fin de promotion à l'École des Officiers ou des Commissaires de police. Plutôt une bande de joyeux pirates.

- Les pirates ne me font pas peur ! Et puis, ils ont bien un chef de section ?

- eh bien, justement, non, pas en ce moment. Leur dernier chef de section a demandé sa mutation pour les Îles Galápagos. Le problème est que ces îles ne dépendent pas de la souveraineté française, mais font partie de la República del Ecuador. Aussi avons-nous envoyé le chef de section défaillant chez le psychiatre et il n'en est qu'à sa douzième séance, sur un programme thérapeutique prévisionnel de quarante-cinq.

- Ce n'est pas mon problème, rétorqua le ministre. Trouvez-vous un nouveau chef de section dans les meilleurs délais et organisez-moi un déplacement à Toulouse. Je veux leur expliquer moi-même les tenants et aboutissants de ce dossier.

- Ce sera fait, Monsieur le ministre.

∴

La gardienne de la paix Émilie Raynot, fonctionnaire de la direction départementale de la sécurité publique de la Haute-Garonne, prenait grand plaisir à se faire prendre en levrette par Brett Sinclair, chef de la CIA à Toulouse. Ce dernier eut juste le temps d'exploser joyeusement dans le ventre de la jeune femme que son téléphone portable se mit à sonner. Brett Sinclair, qui s'appelait en réalité Marcel Dutaut et était lui-même gardien de la paix à la section T de la

DGSI à Toulouse, colla le téléphone à son oreille droite et entendit la voix énergique de son chef de section par intérim qui lui demandait de rentrer dare-dare au bureau.

- Pourquoi ? questionna Marcel Dutaut d'une voix encore légèrement empâtée par le plaisir sexuel qu'il venait de vivre grâce à sa collègue.

- Je ne peux pas t'en dire plus au téléphone. Reviens immédiatement au service.

Brett Sinclair se retira poliment du corps de sa jolie maîtresse, qui était persuadée être l'amante d'un authentique espion américain. Marcel Dutaut avait remarqué que ce petit mensonge sur son identité excitait terriblement sa collègue ; en outre, la situation avait l'avantage de lui éviter des justifications oiseuses ou des intrusions inopportunes dans son emploi du temps quotidien, en justifiant ses apparitions épisodiques et ses disparations mystérieuses. Après tout, ce n'était qu'une sorte d'histoire d'amour, la policière française, en couchant avec ce qu'elle croyait être un James Bond d'Outre-Atlantique, ne pensait pas trahir les intérêts fondamentaux de la France, dans la mesure où son amant ne lui demandait jamais de renseignements indiscrets et se contentait de la pénétrer avec imagination et persévérance. Les deux protagonistes étaient contents de cette situation plus simple à mettre en œuvre que l'accord commercial entre l'Europe et les États-Unis sous la présidence de Donald Trump.

- Darling, dit Marcel Dutaut d'une voix grave avec un léger accent américain, le devoir m'appelle et je dois te quitter maintenant. Langley, qui est le siège de la CIA, comme je te l'ai déjà confié à plusieurs reprises sous le sceau du secret, vient de me téléphoner - ainsi que tu as pu l'entendre malgré l'état euphorique naturel dans lequel t'a plongé notre rapprochement corporel -, car une importante délégation de tueurs du KGB vient d'arriver à Toulouse et je dois aller sauver de leurs griffes acérées leur malheureuse victime potentielle.

- Oh mon amour, répondit Émilie Raynot, est-ce que je peux t'aider dans cette nouvelle mission dangereuse ? Je te rappelle que je suis membre de la police française et une femme amoureuse armée d'un bon revolver peut représenter pour toi une aide précieuse.

- Je sais et je t'en remercie de tout cœur, my love. Mais je ne veux te faire prendre aucun risque et je tiens trop à toi pour t'entraîner dans l'univers glauque du renseignement international. Retourne dans ton commissariat et je te rappellerai quand ma mission sera terminée. Surtout, ne fais aucune confidence sur ce que je viens de te dire, tout ceci est classé confidentiel défense.

- Je te le promets, mon chéri.

Marcel Dutaut remit son pantalon, ferma sa braguette et quitta l'appartement de sa maîtresse. Il était content de lui, évidemment, même s'il avait commis une petite erreur dans son nouveau mensonge : le KGB n'existait plus depuis belle lurette et avait été remplacé par le SVR. Erreur bénigne car il était convaincu qu'Émilie Raynot n'irait pas vérifier sur Wikipédia l'identité réelle des services de renseignements russes, trop occupée qu'elle serait à se remémorer les délicieux instants qu'elle venait de vivre avec son amant américain.

∴

Le ministre de l'Intérieur jeta un coup d'œil circulaire qui lui permit d'appréhender d'un seul regard l'ensemble ou à peu près de la section T. Il considéra in petto que cette équipe avait effectivement l'allure d'une bande de pirates déjantés. Mais le ministre faisait confiance au directeur de la DGSI : si ce spécialiste éminent pensait que ces fonctionnaires-là étaient capables de résoudre l'enquête difficile qu'il allait leur présenter, il n'avait aucune raison d'en douter et il pourrait dans quelque temps en tirer le bénéfice politique nécessaire pour accéder à la prochaine marche du pouvoir républicain, Matignon.

Le directeur zonal de la DGSI, habituellement en poste à Bordeaux, était plus inquiet ; par proximité géographique et fonctionnelle, il connaissait bien la réputation des membres de la section T toulousaine, qui était nettement moins romantique que celle de leurs homologues bordelais ; il y a quelques années, l'un de ces derniers s'était suicidé par amour avec son arme de service, mésaventure qui paraissait totalement inenvisageable chez les Toulousains ; ceux-ci avaient un cœur, comme tout le monde, mais leur professionnalisme implacable et leur sens de la vie, mâtiné d'épicurisme et de lucidité, les protégeait de ce type d'actions somme toute immatures. Et le directeur zonal craignait plus que tout que quelque chose survint inopportunément et déplaise au ministre, ce qui pourrait obérer sa récente demande de promotion à la direction centrale comme sous-directeur chargé des relations internationales ; un poste passionnant et valorisant, où il ne serait plus en responsabilités de gérer à distance une bande de fous furieux, animés par le désir profond et sincère de protéger la mère patrie, mais parfois un peu légers dans leur respect du règlement et de la hiérarchie.

Le directeur régional de la DGSI, par une proximité encore plus grande et par une pratique intensive du yoga, était plus serein. Amateur de peintures, il peignait au fil des ans des tableaux de plus en plus abstraits, aux couleurs vives ; le reste du temps, il faisait tourner la boutique avec vigilance, bonhomie et une forme de résignation qu'il définissait comme une confiance accordée à ses troupes qui, après tout, n'avaient jamais démérité. L'univers du renseignement n'est pas une science exacte et pour durer dans ce milieu, il fallait faire preuve à la fois de souplesse et de dureté.

Bref, rien ne s'opposait à ce que le ministre de l'Intérieur prît la parole :

- Messieurs, je suis venu vous voir...

- Monsieur le Ministre !

La personne qui s'était permis d'interrompre le ministre de l'Intérieur en plein envol verbal était une gardienne de la paix au physique avenant, prénommée Sandrine. Le directeur régional de la DGSI commença à se frotter nerveusement l'oreille droite et le directeur zonal, pourtant peu émotif de tempérament, se sentit envahi par une vague glacée. Sandrine était non seulement membre de la section T mais également présidente de l'antenne toulousaine de *FLAG !*, une association française loi de 1901, reconnue d'intérêt général, dont l'objectif est de lutter contre toutes formes de discriminations à l'encontre des gays, des lesbiennes, des bisexuels et des transsexuels au sein du ministère de l'Intérieur et du ministère de la Justice, mais également auprès de la population sollicitant ses services. Elle a été créée à Paris par des policiers, le 9 septembre 2001. Son siège social est situé à Paris. Le 6 décembre 2004, l'association a changé de nom pour *FLAG ! Policiers gays et lesbiens,* remplaçant ainsi la première dénomination de *FLAG !* alors que l'usage mentionnait déjà *FLAG ! association des policiers gays et lesbiens.* Le 1er mars 2010, le nouveau titre de l'association, déclaré au Journal officiel, fut *FLAG ! (Policiers et gendarmes LGBT).* En 2019, le nom de l'association redevint *FLAG !* à la suite de l'extension du périmètre de ses membres au ministère de la Justice en 2018. Le nom de l'association ne correspond pas à un sigle mais fait référence au drapeau arc-en-ciel, symbole LGBT, et l'apocope de « flagrant délit » (communément abrégé en « flag » dans le jargon policier). Les deux directeurs territoriaux de la DGSI étaient parfaitement au courant des responsabilités associatives de Sandrine ce qui, en soi, ne leur posait aucun problème ; mais ils craignaient naturellement d'indisposer le ministre par cette interruption de son discours, voire l'apparition de revendications catégorielles inadaptées au cadre de la présente réunion. Ils avaient tort de s'inquiéter, l'intervention de Sandrine n'était que de pure forme :

- Monsieur le Ministre, avec tout le respect que je vous dois, je souhaiterais vous signaler que la section T comprend des hommes mais aussi des femmes.

- Mademoiselle, répondit gentiment le ministre qui était d'humeur badine, vous avez parfaitement raison et je vous prie de m'en excuser. Par conséquent, je reprends : Mesdames et Messieurs, je suis venu vous voir car l'heure est grave ; notre beau pays est à nouveau menacé par une vague d'attentats que souhaitent perpétrer d'immondes terroristes. Et j'ai besoin de vous ; car votre hiérarchie, qui vous connaît et vous aime, m'a signalé vos hautes compétences en ce domaine. Par ma voix, c'est par conséquent l'ensemble du peuple français qui vous appelle à l'aide, une fois encore. Vous avez carte blanche. Vous enquêtez dans les meilleurs délais, vous arrêtez ces malfrats, nous les jetons en prison et je suis nommé à Matignon. Ai-je été assez clair ?

- Parfaitement clair, Monsieur le Ministre, répondit le directeur zonal de la DGSI, qui s'était remis de ses émotions.

Un officier de police leva la main pour demander la parole, ce qui lui fut accordé par le directeur régional.

- Monsieur le Ministre, vous pouvez compter sur mon équipe, dont je suis le chef par intérim. Cependant, je souhaiterais avoir vos lumières sur un point stratégique ; afin de tenter de contrer la future hégémonie chinoise, l'Occident et ses alliances militaires misent actuellement sur le sunnisme et font haro sur le chiisme, notamment iranien. N'existe-t-il pas là un paradoxe apparent ? En d'autres termes, si je comprends tout à fait votre ordre légitime de démanteler un groupe terroriste - probablement sunnite puisque c'est la tendance depuis quelques années -, qui souhaite s'attaquer à nos villes et à nos campagnes, ne devons-nous pas faire preuve de doigté et de souplesse dans notre action répressive de renseignement, afin de ne point contrecarrer cette stratégie mondiale occidentale par un succès trop ostentatoire qui humilierait la oumma (qui est, comme chacun sait, la communauté des croyants chez les musulmans) ?

« Toi, mon pote, pensa le directeur zonal de la DGSI, tu ne vas pas rester longtemps chef de section... »

Le ministre de l'Intérieur, une fois encore, conserva son calme ; ses subordonnés parisiens l'avaient prévenu, cette section T était composée de pirates aux caractères forts, il avait présentement besoin d'eux et cette situation de nécessité le rendait plus indulgent à l'égard de ses troupes ; aussi répondit-il à l'officier d'une voix tranquille et rassurante, presque paternelle :

- Jeune homme, vous l'avez dit vous-même : faire preuve de doigté et de souplesse, tout en conservant votre efficacité habituelle. La stratégie militaire mondiale supposée, c'est une chose, obéir à mes ordres, c'en est une autre. Vous allez donc obéir à mes ordres, neutraliser ces abrutis avant qu'ils ne commettent des attentats sur notre sol, vous recevrez ensuite des médailles, des primes et des avancements et tout le monde sera content. Je dois maintenant repartir pour Paris, car je dois me rendre au conseil des ministres ; votre hiérarchie a reçu l'ensemble des éléments dont nous disposons à ce jour et les instructions pour résoudre ce problème. Elle va tout vous expliquer. Mais je tenais à venir personnellement saluer les sauveurs de notre patrie et vous encourager dans votre nouvelle enquête. Mesdames, Messieurs, je vous remercie pour votre engagement et je vous dis à bientôt ; travaillez bien !

Le ministre de l'Intérieur quitta le bureau après un dernier sourire, accompagné du directeur zonal. Resté seul avec sa section T, le directeur régional ouvrit lentement le dossier qu'il avait posé devant lui sur un bureau :

- Bon, les filles et les gars, dit-il, nous en avons vu d'autres. Là, nous avons vraiment affaire à une bande de tarés retors mais je sais que nous pouvons y arriver...

Il fut interrompu par la sonnerie de son téléphone portable ; il décrocha : c'était le directeur zonal, qui lui annonçait la mutation immédiate du chef par intérim de la section T dans une autre section de la DGSI toulousaine. Action, réaction, cela ne traînait pas dans les services de renseignements français. Par cette décision rapide, le directeur zonal avait sans doute sauvé sa propre demande de mutation à Paris. Quant au fonctionnaire concerné par ce changement brutal d'affectation, il le prit avec philosophie ; il s'adapterait quoi qu'il arrive à sa nouvelle mission car c'était une qualité indispensable dans ce métier. De toute façon, il n'était qu'adjoint devenu responsable à la suite de la dépression nerveuse du chef de section et cette situation ne pouvait pas perdurer. Enfin, le boulot à la section T était passionnant mais très prenant et fatigant ; l'analyse brut de décoffrage livrée par l'officier au ministre pouvait être considérée aussi bien comme pertinente qu'impertinente et à la limite, était susceptible d'apparaître comme l'expression d'un doute inadéquat dans ce type de fonctions. Lors des notations annuelles des policiers, une phrase inscrite au dossier individuel par la hiérarchie était synonyme de grande méfiance, voire de désaveu : « A des états d'âme. » Et à la section T de la DGSI, les états d'âme n'existaient pas. Le directeur régional n'avait plus qu'à annoncer à l'officier concerné qu'il était débarqué et par conséquent invité à quitter la réunion en cours, qui ne le concernait plus. Ce que fit aussitôt l'officier, qui se piquait à l'occasion d'analyses de haut vol et ne regrettait pas le moins du monde sa réflexion spontanée faite au ministre de l'Intérieur, puisqu'elle allait lui procurer un poste intéressant mais certainement plus tranquille.

- Bien, affirma le directeur régional, reprenons là où nous en étions. C'est-à-dire au tout début. Vous savez que notre pays vient d'être frappé par une série d'attaques terroristes. Ces actions misérables ont malheureusement galvanisé quelques jeunes Français, qui n'ont rien trouvé de mieux à faire que de partir faire le djihad en Syrie. L'un d'eux, un ancien graphiste originaire de Pantin en Seine-Saint-Denis et converti à l'islam depuis 2000, a attiré l'attention de la DGSE lorsqu'il s'est rendu en Syrie un an et demi plus tôt. Nos collègues militaires ont établi que cet individu s'est radicalisé puisqu'il est apparu dans une vidéo aux côtés de Rachid Kassim, le futur commanditaire de l'attaque des policiers à Magnanville ou de l'attentat déjoué à Notre-Dame de Paris. Encore plus grave, ces deux personnages n'ont pas hésité dans cette même vidéo à menacer le président de la République : « Cela va bientôt arriver sur tes propres citoyens dans les rues de Paris. » Notre Pantinois radicalisé s'est alors inscrit sur la plateforme de conversation Telegram et selon les échanges de conversation que la DGSE a pu obtenir, il serait en quête d'armes. Stop et fin pour la DGSE et début de l'enquête pour la DGSI. Notre mission, confiée par le ministre de l'Intérieur en personne, est de confirmer cette recherche d'armes et de déterminer les objectifs de cet apprenti terroriste ; de le neutraliser avant qu'il ne passe à l'action, bien évidemment. Ai-je été assez clair ?

- Oui, Monsieur le directeur, répondirent en chœur les membres de la section T, qui étaient des gens pleins de bonne volonté.

- Je n'en attendais pas moins de vous ! Alors, au boulot. Vous commencez à monter le dossier tous ensemble et moi, je vous cherche tout de suite un nouveau chef de section.

Le directeur régional quitta la salle de réunion et rejoignit son grand bureau. Il demanda à son adjoint de le rejoindre et lui demanda son avis sur la nomination adéquate à ce poste très sensible de chef de la section T toulousaine. L'adjoint se montra hésitant :

- C'est délicat. Nous disposons de plusieurs officiers de valeur mais la section T est vraiment particulière, tout comme les fonctionnaires qui la composent ; en plus, il faut s'adapter très rapidement et travailler dans l'urgence, avec une forte pression quant aux résultats.

- Je sais tout cela, rétorqua le directeur. Mais il me faut un nom. Tout de suite.

- Oui, bien sûr... Alors je ne vois actuellement que le capitaine André Ormus. C'est un solitaire, bon officier de renseignement, un peu trop littéraire et cérébral pour la bande de joyeux sbires de la section T ; mais il a la maturité et les qualités humaines pour s'intégrer en peu de temps et prendre la direction du groupe. Pas habitué à commander un groupe opérationnel mais il peut vite prendre le pli, cela fait partie de sa formation et de sa feuille de route d'officier. Intellectuellement capable de mener une enquête antiterroriste, qui est par nature compliquée et tordue et suppose de l'imagination et de la réactivité.

- Alors, ne tergiversons pas, ce sera lui. Peux-tu demander au secrétariat de faire venir André Ormus immédiatement dans mon bureau ? Nous allons lui annoncer sa nomination et le briefer ensemble sur cette nouvelle mission urgente.

∴

André Ormus était pensif lorsqu'il sortit du bureau de son directeur régional. Lorsque le secrétariat lui avait demandé de venir, il ne s'attendait absolument pas à ce qu'il allait entendre. L'entretien avait été assez bref, dix minutes au plus, et le capitaine de police avait accepté de bon cœur la demande du commissaire divisionnaire qui lui confiait les clefs de la section T. Cette nouvelle mission était très différente de celle qu'il menait jusqu'à présent mais tout à fait intéressante. Sans tarder, il alla dans le bureau qu'il occupait pour prendre les quelques affaires personnelles qu'il y avait apportées, et les transporta jusqu'à son nouveau bureau de chef de la section T. En arrivant, il eut la surprise d'y trouver une petite boîte en carton, du modèle de celles utilisées par les pâtissiers. Bien entendu, il ouvrit la boîte et trouva à l'intérieur un mille-feuille. C'était l'un de ses gâteaux préférés et visiblement les membres de l'équipe dont il prenait le commandement étaient bien informés. Cet accueil sympathique le fit sourire. Sans prendre le temps de ranger ses affaires personnelles, il alla immédiatement à la rencontre de ses troupes, qui occupaient plusieurs bureaux en enfilade. Il fut reçu chaleureusement mais ressentit néanmoins une pointe d'inquiétude : les membres de la section étaient de grands professionnels, très pointus sur la matière particulièrement délicate du terrorisme international et son arrivée à la tête du groupe suscitait naturellement quelques inquiétudes sur sa capacité à diriger et à conduire son équipe vers la réussite. Inquiétudes qu'il était le premier à partager car l'échec en matière d'antiterrorisme était toujours, malheureusement, très dommageable et spectaculaire. Toujours pensif, il revint vers son bureau et ne trouva rien de mieux à faire, dans l'immédiat, que de déguster le délicieux mille-feuille qui lui avait été offert. Quelqu'un frappa à sa porte.

- Entrez ! dit André Ormus.

C'était Sami, un gardien de la paix, l'un des piliers de la section T, un collègue fort sympathique avec lequel André Ormus s'entendait déjà très bien.

- Ça va, chef ? Il est bon, ce millefeuille ?

- Oui, excellent ! Bon, je ne m'attendais pas à me retrouver à ce poste !

- Ne te prends la tête, répondit Sami. On connaît le job. Tu nous laisses faire, tu nous aides et tu rends compte à la hiérarchie en faisant le tampon.

- D'accord ! Mais je vais commencer par éplucher tous les dossiers en cours. Je n'y connais pas grand-chose.

- C'est une bonne idée. Mais fais-nous confiance, on a la situation en main. Et quand tu te seras bien documenté sur la matière, tu nous donneras un coup de main, en nous apportant ton éclairage. Tu vas voir, c'est un boulot très intéressant.

- Je n'en doute pas. Et je suis très content de travailler avec vous.

- Je te laisse, on vient de nous filer un dossier urgent et on est en train de rassembler le maximum d'éléments.

- Oui, je suis au courant, le patron m'a raconté. Je m'installe puis on se retrouve tous en salle de réunion pour faire le point sur ce dossier.

Sami sortit du bureau et André Ormus alluma son ordinateur. Tout allait très vite à la DGSI et il possédait déjà les codes d'accès correspondant à ses nouvelles fonctions. Il se mit à éplucher la production de ses collègues et découvrit rapidement la complexité de la thématique dont il avait la responsabilité avec toute son équipe. André Ormus avait une très bonne mémoire et intégra en un temps record un flux de données sur des sujets dont il ne soupçonnait même pas l'existence, cloisonnement oblige entre les sections de la DGSI. Il retint aussi de sa première lecture que le sujet était passionnant et les enjeux réels ; et il était déjà fier de pouvoir contribuer, à son modeste niveau, au fonctionnement de la machine antiterroriste du service.

Il mit son ordinateur en veille puis rassembla les membres de son équipe dans la salle de réunion. Il venait à peine d'arriver mais déjà, il avait le sentiment d'appartenance à un collectif soudé et motivé, une ambiance quelque peu rugbystique qui lui plaisait beaucoup. Cela étant, il n'oubliait pas qu'il était un néophyte au milieu d'un groupe de fonctionnaires chevronnés et il se mit à leur écoute, en leur demandant de lui faire un point sur ce nouveau dossier important qui mobilisait la quasi-totalité des forces de la section T toulousaine. Ce qui fut fait assez rapidement car finalement, le dossier d'enquête initiale était assez mince.

- Grosso modo, dit André Ormus, il nous faut trouver le petit gars de Pantin qui veut acheter des armes ?

- Pas forcément, répondit Patrick.

Patrick était un gardien de la paix particulièrement débrouillard et qui n'avait peur de rien. Toujours souriant, il ne perdait jamais son calme et était très pointu dans les investigations qu'il fallait mener dans telle ou telle enquête.

- C'est-à-dire ? interrogea André Ormus.

- À la limite, on s'en fiche de l'endroit où il crèche, nous n'allons perdre du temps et de l'énergie à essayer de le loger. Il vaut mieux l'appâter avec ce qu'il cherche, des armes, et le manipuler de façon virtuelle via Instagram.

- C'est une bonne idée, rétorqua le chef de section novice. Mais nous possédons les moyens techniques pour une telle opération ?

- Et bien, il suffit de télécharger l'application informatique. Et de bâtir une légende, après avoir demandé à Paris le contact Instagram de notre objectif. Puis nous entrons en contact avec lui et nous voyons ce qui se passe.

André Ormus avait déjà été officier traitant dans sa carrière ; mais il était assez âgé et il fallait qu'il s'adapte à l'idée d'une manipulation virtuelle, lui qui avait été habitué à traiter des sources humaines d'une façon classique. C'est-à-dire face à face et non par l'intermédiaire d'un réseau informatique crypté. Mais il n'y avait pas de temps à perdre et il approuva sans tarder la proposition de Patrick :

- Bon, d'accord, je vais informer le patron et je vais appeler Paris pour qu'on m'envoie les coordonnées de l'objectif. Pendant ce temps, rédigez-moi le profil du gars virtuel qui va entrer en contact avec notre Pantinois.

Aussitôt dit, aussitôt fait, la machine se mit en marche. Le directeur donna son feu vert à l'opération avec l'accord du Parquet antiterroriste de Paris, André Ormus téléphona à la direction centrale parisienne pour récupérer le précieux sésame et plusieurs fonctionnaires de la section T se mirent à réfléchir en commun, afin de donner naissance sur le papier au personnage qui allait tenter d'enfumer les apprentis terroristes. Il fallait faire simple, rapide et efficace, aussi tout le monde tomba rapidement d'accord pour choisir un marchand d'armes. Ce choix n'était pas extrêmement subtil mais l'urgence de l'enquête excluait toute tergiversation. Dans une ambiance bon enfant, qui pouvait presque paraître ludique si était oublié le contexte fort sérieux de la lutte antiterroriste, les collègues mirent au point leur cheval de Troie virtuel et d'un commun accord, décidèrent de filer le bébé à Ayoub, un jeune lieutenant dynamique et malin. Musulman et d'origine algérienne, Ayoub était supposé ne pas commettre d'impair dans ses échanges avec la ou les futures cibles. C'est ainsi que par les pouvoirs magiques de la DGSI, Ayoub devint instantanément un redoutable marchand d'armes, domicilié en région parisienne et disposant d'un carnet d'adresses spectaculaire. Et lorsqu'André Ormus rejoignit son équipe, le montage était déjà calé. Il ne restait plus qu'à se brancher sur Internet et à rejoindre la boucle Instagram à laquelle était inscrit le converti belliqueux de Pantin. Ce qui fut fait illico et « sans désemparer », comme l'écrivent les gendarmes dans leurs procès-verbaux.

Ayoub était assis à un bureau, derrière un écran informatique, ses collègues, totalement silencieux pour ne pas le déconcentrer, restaient eux debout derrière lui. Ce démarrage sur des chapeaux de roues dans le monde virtuel était à la fois prenant et totalement aléatoire car tout le monde se demandait si la bonne idée allait se transformer en prise de contact opérationnel. Ce jour-là, la lutte antiterroriste s'apparentait à la pêche à la ligne. Ayoub s'inséra tranquillement dans la boucle Telegram, patienta une heure avant d'entrer en contact avec Nil Shewil en utilisant la terminologie usuelle employée par la mouvance islamiste. La cible mordit à l'hameçon d'autant plus facilement qu'Ayoub proposa rapidement de lui fournir des armes. Sous le regard attentif de ses collègues toulousains, Ayoub fit miroiter par écran interposé l'arsenal dont rêvait le converti à l'Islam radical. Mais en réalité ce n'était pas ce dernier qui était chargé directement de la transaction ; mis en confiance par Ayoub, Nil Shewil mit le supposé marchand d'armes parisien en contact avec Saffaf, un ancien livreur de pizza à Malakoff qui serait parti en Syrie faire le djihad dès 2014. Un plus gros poisson, par conséquent, décisionnaire et par conséquent beaucoup plus prudent : il fallut plusieurs semaines d'échanges virtuels pour parvenir à un accord. Les terroristes voulaient se procurer quatre kalachnikovs avec pour chacune des armes quatre chargeurs et des munitions. Pour régler son achat, Saffaf proposa la somme 13 300 euros en espèces, cachée au cimetière du Montparnasse à Paris. Affaire conclue : des membres parisiens de la DGSI se rendirent au cimetière une semaine plus tard et récupérèrent la somme d'argent promise. La DGSI décida ensuite de livrer les armes, quatre modèles neutralisés fournis par le Siat (Service interministériel d'assistance technique), qui furent enterrées en pleine nature, dans la forêt de Montmorency (Val-d'Oise). Naturellement, une surveillance permanente fut mise en place mais rien ne se passa et l'enquête semblait dans une impasse. Pourtant, aucune erreur n'avait été commise par les enquêteurs du service de renseignement.

Comme souvent dans ce type d'enquêtes complexes, le rebond intervint à un autre endroit du territoire français, dans une affaire qui a priori n'avait rien à voir avec celle en cours. Deux Strasbourgeois, soupçonnés d'un projet d'attentat, sont arrêtés fin octobre, rapporte L'Obs. Il s'agit de Yassine Bousseria et Hicham Makran, nés en 1979 et pourtant inconnus des services. En 2015, ils s'étaient rendus dix jours en zone irako-syrienne avant de revenir en France. Les enquêteurs découvrent ainsi que les deux hommes se connectent à des numéros, cette fois, « connus des services ». Ils sont interpellés à leur domicile. Chez l'un d'eux, des textes d'allégeance, des armes et une clé USB cryptée sont retrouvés. La clé comporte des messages... L'un d'eux provient de l'agent de la DGSI « Ulysse » qui indiquait le chemin pour retrouver les armes à Montmorency.

Environ un mois plus tard, une autre enquête apporta un complément d'indices, lorsque la DGSI arrêta un homme prénommé Hicham El-Hanafi à Marseille. Les enquêteurs tracèrent son téléphone portable, investigations qui révélèrent que cet individu était passé par Lisbonne, Istanbul, Manchester, Paris et même Montmorency. Les agents de la DGSI visionnèrent à nouveau les images de vidéosurveillance à l'endroit de la planque, à Montmorency et ce fut une bonne idée car Hicham El-Hanafi fut aperçu à 13 h 14 précisément, avec un gros sac de courses. Il arriva par la ligne H depuis la gare du Nord et s'approcha de la planque ; mais il ne trouva pas les armes enterrées et repartit les mains vides.

Au vu des éléments obtenus par la DGSI, le parquet antiterroriste déclara n'avoir « aucun doute sur la finalité de l'opération qui consistait à commettre un massacre dans un ou plusieurs lieux symboliques de Paris » et les deux Strasbourgeois ainsi que le Marseillais furent jugés devant la cour d'assises de Paris pour « association de malfaiteurs terroriste criminelle ».

L'opération était un succès total et l'équipe d'André Ormus reçut une lettre de félicitations de sa hiérarchie, qui alla rejoindre les précédentes dans une armoire du service. Marcel Dutaut, alias Brett Sinclair de la CIA, put retourner se détendre chez sa maîtresse et André Ormus clore ce premier dossier de la lutte antiterroriste sous son commandement. Mais il restait pensif. Il fit tourner le globe terrestre que ses enfants lui avaient offert et qu'il avait posé sur un coin de son bureau. Il avait déjeuné quelques jours plus tôt avec l'un de ses homologues de la DGSE, qui s'était montré extrêmement inquiet sur l'évolution de la situation dans les prochains mois et la capacité de la France à répondre efficacement à cette menace terroriste mondiale. Les services français étaient efficaces et motivés mais la dimension de cette guerre protéiforme les laissait sceptiques sur l'adaptation de leurs actions, d'ailleurs purement défensives. La stratégie sahélienne de la France visait à ce que les États partenaires acquièrent la capacité, d'assurer leur sécurité de façon autonome. Elle reposait sur une approche globale (politique, sécuritaire et de développement) dont le volet militaire était porté par l'opération Barkhane, conduite par les armées françaises. Le président de la République française Emmanuel Macron avait d'ailleurs annoncé la fin de la mission « Barkhane » en tant qu'opération extérieure, suivie d'une *transformation profonde* de la présence militaire française au Sahel. Le début du retrait, fin 2021, allait être progressif. S'il devait concerner, à une échéance encore indéterminée, au moins 40 % des effectifs, de 2 500 à 3 000 militaires devraient rester sur le terrain, dans le cadre d'une lutte antiterroriste internationalisée. Mais l'officier de la DGSE avait abordé une autre partie du monde dans son entretien avec son collègue de la DGSI :

- Nous allons bientôt avoir besoin d'une équipe de son service. Ça te dit ?

- C'est-à-dire ?

- Nous sommes des militaires et vous, vous êtes, en partie, des flics. Nous allons avoir besoin de votre savoir-faire sur un prochain théâtre d'opérations.

- Pourquoi pas, il suffira d'un coup de tampon sur un document administratif. Tu peux m'en dire plus ?

- Bien sûr ! Les Talibans vont bientôt reprendre le pouvoir en Afghanistan, dès que l'armée américaine se sera retirée. Et ça va aller très vite, d'où une évacuation rapide des quelques Français qui demeurent encore là-bas, mais aussi de tous les Afghans qui ont aidé l'armée française. Et il va falloir faire un peu le tri, à l'arrache, parmi tous ces futurs réfugiés qui vont se bousculer pour monter dans nos avions et quitter leur pays.

- Les Talibans vont reprendre le pouvoir ?

- Oui, c'est le retour programmé du Moyen Âge, avec juste quelques téléphones portables en plus. Ça va être spectaculaire et sanglant. Et très rapide. Alors nous souhaitons embarquer avec nous des gens de ton service pour nous donner un coup de main. J'ai pensé à toi, cela te fera du bien de voyager un peu, non ?

- Si tu le dis... répondit André Ormus.

Le téléphone du policier de la DGSI se mit à sonner. Et c'était encore pour une mauvaise nouvelle : une adjointe administrative du commissariat de Rambouillet, dans le département des Yvelines, venait d'être assassinée par un charmant petit loup solitaire du style de Mohamed Merah, le terroriste toulousain qui avait endeuillé la Ville Rose. Le fanatisme religieux frappait à l'autre bout du monde mais aussi à nos portes, dans une forme de harcèlement permanent qui n'était en mesure de gagner cette guerre du XXIe siècle mais était suffisamment dangereux pour justifier une lutte sans merci des services spécialisés.

- Je dois filer au bureau, dit André Ormus en se levant de table. Tu me tiens au courant pour ton voyage organisé en Afghanistan, je vous donnerai un coup de main avec plaisir.

- À bientôt l'ami ! Et désolé pour votre collègue policière.

De retour au service, André Ormus trouva déjà sur sa messagerie interne une note de synthèse sur l'assassin de Rambouillet, Jamel Gorchene, un paisible chauffeur-livreur tunisien âgé de 36 ans et arrivé clandestinement en France en 2009. Présenté dans les médias comme un nouveau loup solitaire avec des problèmes psychologiques, Jamel Gorchene avait en réalité été endoctriné par un imam salafiste de M'saken, dans la banlieue de Sousse en Tunisie, Bechir Ben Hassen. À son arrivée en France, Jamel Gorchene s'était rendu à Nice où il avait rejoint son ami d'enfance Mohamed Lahouaiej Bouhlel, déjà installé dans cette ville depuis cinq ans. Ce dernier se fit connaître de façon sinistre quelques années plus tard, en 2016, car il sera l'auteur du terrible attentat de 2016 qui fit 86 morts, et plus de deux cents blessés.

En 2020, un autre Tunisien, âgé lui d'une vingtaine d'années et originaire de Sfax, assassina trois personnes à la basilique Notre-Dame-de-l'Assomption, toujours à Nice. Quelques jours auparavant, une vidéo avait été diffusée sur Facebook, prêchant en arabe la décapitation de tous ceux qui offensaient le prophète

Mahomet. Et l'auteur n'était autre que Bechir Ben Hassen, l'imam de M'sakem, qui avait vécu en France entre 2016 et 2020, et était présenté ainsi dans la presse : « Béchir Ben Hassen, la matrice : imam populiste, proche de l'Arabie saoudite, Béchir Ben Hassen aura formé à un Islam salafiste les deux apprentis terroristes. Né à Msaken comme eux, ce religieux n'a rien d'un tueur, mais il est bien un notable au discours rigoriste qui prêche sur la chaine qatarie El Djazira. Lors de l'arrivée au pouvoir des islamistes après 2011, ce fondamentaliste soutient le mouvement Ennhadha et encadre, par des prêches enflammés, une jeunesse en voie de radicalisation qu'il faut contenir. « Cet Imam piétiste, explique un universitaire, tentait comme d'autres d'amortir le choc provoqué par l'islamisation du pouvoir et de la société ». Ce notable pieux n'a cessé de multiplier les allers et retours entre la Tunisie, le Maroc et la France. Béchir Ben Hassen a étudié à l'Institut d'Oum Al Qura à La Mecque, ainsi qu'à l'Université Américaine internationale de théologie islamique avant de suivre des cycles de formations au Centre Islamique et culturel de Bruxelles. Installé quelque temps au Maroc où il fait de la prison, le Cheikh Béchir Ben Hassen rentre finalement dans son pays en 2014 après avoir passé neuf mois en détention en France en raison d'une plainte déposée par son épouse française pour avoir kidnappé ses enfants. Lorsqu'en 2015, le vent est moins favorable aux islamistes tunisiens après l'élection de Beji Caïd Essebsi, l'Imam est renvoyé de la mosquée de

M'sakem. Après quatre ans passés à nouveau en France, il revient en Tunisie et retrouve les clés du lieu de prière. C'est le moment où ses amis d'Ennahdha et leurs alliés d'« Al Karama » forment le gouvernement. Le fait qu'il ait pris pour avocat Maître Seifeddine Maklhouf, le chef du groupe Al-Karama, lui permet d'asseoir encore davantage son influence. En pleine épidémie de Covid, l'Imam conseille aux fidèles de s'immuniser en s'arrosant avec un peu d'eau et l'aide d'Allah. Or c'est ce notable porteur d'un Islam rétrograde que Jamel Gorchene consulte en février dernier lorsque, muni enfin de papiers français, il séjourne quelque temps en Tunisie dans sa banlieue de Sousse. » Ce qui permit à Nicolas Beau, ancien journaliste du Monde, de Libération et du Canard Enchaîné, ces suppositions pertinentes : « Une certitude, Jamel Gorchene, citoyen tunisien, en pinçait pour « Al-Karama » et ses prédicateurs réactionnaires, tout comme une masse de jeunes islamistes énervés qui trouvent bien trop mous les Frères Musulmans d'Ennahdha au pouvoir depuis dix ans. Après l'assassinat de l'enseignant Samuel Paty en octobre 2020, un des députés d'Al-Karama, bienveillant avec Daech et connu pour ses positions hostiles à la France, Rached Khiari, avait en effet justifié, à travers un post, l'opération terroriste. L'élu qui est aussi enseignant avait montré à ses élèves les caricatures dégradantes du prophète Mohamed, en assurant que « l'atteinte au prophète est le plus grand des crimes et que celui qui ose le faire doit en assumer les conséquences qu'il soit un État, un groupe ou une personne » ! Le Parquet de Tunis avait ouvert une enquête. Interrogé par Mondafrique sur les liens du terroriste avec sa mouvance, l'ancien bloggeur et aujourd'hui député d'Al-Karama, Maher Zid, répond de façon assez embarrassée : « Nous ne sommes pas un véritable parti, personne n'est vraiment partie prenante de notre organisation ». Les déclarations de Rached Khiari ne provoquent chez lui « aucun souvenir ». Et de botter en touche en suspectant les autorités françaises d'avoir pu organiser une telle mise en scène macabre : « il arrive que des services de renseignement organisent de tels attentats pour détourner l'attention de l'opinion publique lorsqu'ils sont déstabilisés ». Et le même Maher Zid d'ajouter : « Al Karama n'a donné aucun ordre d'assassiner cette fonctionnaire de police ». Cela va encore mieux en le disant ! De là à penser que la mouvance d'Al-Karama ait armé les assassins en France, il y aurait un pas à ne pas franchir. Pour autant, une coopération entre services de sécurité tunisien et français aurait évité utilement quelques drames ! De cet échec, personne ne veut parler. » Toujours le même flou artistique et la même duplicité de ces religieux dévoyés et haineux, qui ont pour but d'embrigader des jeunes croyants et de les fanatiser jusqu'à les conduire à commettre des actes terroristes n'ayant pas le moindre sens. Des victimes innocentes, des morts, des blessés, quelques images sur les chaînes de télévision et puis l'oubli médiatique. Des cailloux dans l'eau, une bêtise incommensurable et une barbarie minable.

Car au-delà des chocs émotionnels des actes terroristes, les experts, par exemple Marc Hecker et Élie Tenenbaum, chercheurs à l'Institut français des relations internationales, s'accordaient à dire que les nuisances occasionnées par le terrorisme djihadiste, si elles allaient malheureusement perdurer, étaient néanmoins dans la fin d'un cycle entamé lors des attentats du 11 septembre 2001 à New York. La prise d'otages des membres de l'équipe olympique d'Israël aux Jeux olympiques à Munich, le 5 septembre 1972, a entraîné la création un peu partout en Occident de pôles spéciaux au sein des services policiers, de renseignement et judiciaires. Puis le djihad afghan, de 1979 à 1989, a lancé le djihadisme transnational. Mais l'attentat monstrueux contre les Twin Towers du World Trade Center a fait basculer les États-Unis dans une véritable guerre mondiale contre le terrorisme, qui a inclus peu à peu d'autres causes plus locales par des pays comme la Russie dans sa guerre contre les indépendantistes tchétchènes, Israël contre les groupes armés palestiniens ou la Colombie contre les Forces armées révolutionnaires de Colombie. Mais l'élément central de cette guerre qui aura duré une vingtaine d'années fut naturellement Ben Laden et Al-Qaida, qui a perdu son combat militaire visant à chasser « les juifs et les croisés » des terres d'islam mais a réussi à doubler ou tripler son nombre de combattants djihadistes depuis 2001. En outre, les Américains avaient fait une lourde erreur en 2003 lorsqu'ils ont attaqué l'Irak, ce qui avait relancé la mouvance d'Al-Qaida : l'organisation terroriste s'était décentralisée et avait pu organiser des attentats un peu partout dans le monde. S'ensuivirent les « printemps arabes » jusqu'en 2014 puis jusqu'en 2017, le « califat » et la mise en œuvre de la stratégie de la « gestion de la barbarie » théorisée par Abou Bakr Naji, le chef mystérieux de l'organisation État islamique et éphémère « calife Ibrahim », né en Irak et mort en Syrie. C'est d'ailleurs la perte du sanctuaire syro-irakien par les djihadistes qui a conduit les Américains et leurs alliés à vouloir clore cette guerre mondiale contre le terrorisme, même si, naturellement, la lutte antiterroriste reste d'actualité. Le principal échec d'Al-Qaida et de Daech, en Irak comme au Mali, est de ne pas avoir pas su gérer leurs territoires conquis par la guérilla autrement que par la terreur.

L'avenir du terrorisme dépendra beaucoup des accords entre Al-Qaida et les Talibans : s'ils reconstituent un sanctuaire terroriste avec la possibilité d'attentats à l'étranger, ils s'attireront à nouveau une réponse internationale massive. S'ils adoptent la stratégie des Chabab en Somalie ou d'Al-Qaida dans la péninsule Arabique au Yémen, ce sera plus compliqué pour les Occidentaux. Notamment les Français : car si les Américains ont pris du recul avec leur retrait d'Afghanistan, la France doit continuer la guerre au Sahel, dans un contexte d'enracinement progressif des groupes djihadistes et d'absence de projet politique alternatif des dirigeants africains. Le Mali, mosaïque de minorités ethniques, n'est pas l'Afghanistan, où les Pachtouns constituent les gros bataillons des Talibans. Mais le Sahel constitue bien pour l'armée française un bourbier compliqué, avec en outre l'effacement de la frontière entre la lutte intérieure contre le terrorisme et l'intervention hors des frontières du pays. Le signe en fut la montée en puissance des filières djihadistes vers la zone irako-syrienne à partir de 2012 : environ 40 000 combattants étrangers, dont 5 000 à 6 000 Européens (parmi lesquels 1 300 Français), avaient rejoint Al-Qaida ou l'État Islamique. D'où le déploiement de soldats français sur le territoire national, rendu nécessaire pour des raisons sécuritaires mais qui permet aux djihadistes de créer sur notre sol une ambiance de guerre civile et de promouvoir le rôle de l'Islam au cœur même des sociétés occidentales. Et le risque est réel, comme le démontre un article du journaliste J. C., paru dans « Le Canard enchaîné » du mercredi 11 août 2021 et titré : « Daech très à l'aise en Afrique » : « Selon un rapport alarmiste et confidentiel du secrétaire général des Nations unies, Le risque existe ; voir Daech « être en mesure de planifier des attentats au-delà de ses zones d'influence. Le 4 août, Antonio Guterres, le patron de l'ONU, a remis aux 15 États membres du conseil de sécurité un rapport consacré à la situation de nombreux pays africains confrontés au terrorisme islamiste. « Daech pourrait retrouver sa capacité à fomenter des attaques internationales, écrit Antonio Guterres, si sa structure centrale ou celle de ses affiliés régionaux venaient à se renforcer suffisamment. » Avant d'ajouter : « Un tel scénario est plus que plausible, il est alarmant. ». L'expansion des activités de l'État islamique au Grand Sahara, filiale continentale de Daech, est en effet inquiétante en Afrique centrale et en Afrique de l'Est (Nigeria, Cameroun, Niger, Somalie, Mozambique, République démocratique du Congo, etc.). Selon ce rapport, quelque « 5 000 combattants » - sans compter d'autres recrues toujours disponibles - s'y montrent très actifs. Remarque supplémentaire : des cellules terroristes se sont affiliées à Daech, qui leur laisse une certaine liberté de manœuvre et d'autonomie sur le terrain, y compris pour pratiquer des trafics, notamment de drogue. « La situation montre que les synergies entre le terrorisme, la précarité [des habitants] et les conflits se sont renforcées », constate Guterres, comme le prouve une récente série d'attaques islamistes au Sahel. Et cela nécessite, insiste-t-il, « une riposte mondiale urgente pour aider les pays d'Afrique région par région ». Ne reste plus qu'à convaincre Américains, Européens, Russes et Chinois de se montrer généreux. Autant dire un doux rêve. »

Pour autant, le djihadisme n'a pas les moyens de remporter cette guerre, qui va s'achever et être effacée par d'autres enjeux planétaires beaucoup plus importants, crise sanitaire, crise écologique, guerre commerciale avec la Chine, guerre en Europe avec la Russie, etc. Car le projet politique de l'Islam radical reste intrinsèquement limité par sa nature fondamentale, l'instauration stricte de la Charia, la loi religieuse musulmane, qui est rejetée dans le monde par l'immense majorité des croyants musulmans eux-mêmes. La France, pays laïc, en est le meilleur exemple, avec une importante communauté musulmane qui souhaite une pratique apaisée de sa religion, très éloignée de la vision délirante et moyenâgeuse des extrémistes. Ces derniers étant attentivement surveillés par des gens comme André Ormus. De différentes manières. Par exemple avait existé *l'Opération Gallant Phoenix*, un programme secret étonnant qui collectait les archives des djihadistes dans un centre de données situé sur une base militaire américaine établie en Jordanie : des millions d'objets, de documents et d'informations rassemblés à des fins de renseignement, mais aussi judiciaires, afin de trouver des preuves permettant de juger les anciens djihadistes. Ce programme confidentiel archivait des millions de données collectées dans les ruines de l'organisation État islamique, comme les traces ADN, les clés USB, les téléphones portables, les ordinateurs et les anciens registres administratifs, etc. un ensemble de documents, objets ou données numériques qui ont été utilisés par les services de renseignement de vingt-sept pays, dont la France, pour étayer des procédures judiciaires.

L'avis personnel d'André Ormus sur les islamistes – si tant est que cet avis avait une véritable importance - était que ces fanatiques étaient barbares, archaïques et profondément ennuyeux. Les quelques dossiers qu'il avait pu décortiquer depuis sa nomination comme chef de la section antiterroriste régionale de la DGSI faisaient apparaître le plus souvent des personnages ineptes et brutaux, qui s'étaient investis dans le radicalisme religieux par compensation d'existences médiocres. Intellectuellement, tout cela ne tenait pas la route et reposait sur des contresens graves, tant du point de vue théologique qu'historique. Le port du voile pour les femmes, par exemple, n'était en rien une obligation coranique, et trouvait même son origine historique dans le dogme chrétien et non le musulman. Mais le niveau d'inculture était tel chez les militants exaltés du djihad que ces mensonges n'étaient même pas remarqués. Parmi ce fatras islamo-délinquant apparaissaient quelques rares figures plus intelligentes mais complètement dévoyées, qui tentaient de justifier par un discours universitaire et religieux une vision du monde en décalage de plusieurs siècles. C'était décourageant de bêtise et d'ennui. Mais il fallait bien faire le job et lutter contre ces déviances, dont les premières victimes étaient les musulmans eux-mêmes. Les musulmans français, comme les catholiques de ce pays, étaient très majoritairement des gens paisibles, qui aspiraient à vivre leur foi d'une façon laïque, c'est-à-dire dans une sphère privée, et s'ils étaient tous persuadés que leurs religions respectives professaient uniquement l'amour du genre humain, ils n'avaient absolument pas envie de se lancer dans des conflits religieux. Ce prétendu conflit de civilisation était une escroquerie mondiale au service d'intérêts particuliers, qui exploitait la stupidité de quelques combattants kamikazes à la haine fabriquée, sur trois points du globe, la zone afghane, l'Afrique et l'Europe. Et dans une petite partie de la douce France, André Ormus et son équipe étaient chargés de veiller au grain.

Et c'était toute la DGSI qui, avec les moyens du bord et son ingéniosité, qui s'efforçait d'éradiquer la menace islamiste sur le sol français. Ses collègues parisiens venaient de réussir une opération similaire à celle du cheval de Troie virtuel toulousain, sauf que cette manipulation avait fait appel à une véritable taupe française au cœur de l'État islamique, dont la presse s'était fait l'écho sous le nom d'« Abominor », un simple citoyen de confession musulmane qui a empêché deux attentats, dont un visant la communauté juive, notamment Mediapart dans un récit bien informé [1].

Quant à Libération, il a rendu compte du témoignage d'un frère aîné qui, pour empêcher son cadet de rejoindre la Syrie, renseignait la DGSI sur la filière de Strasbourg dans laquelle figurait Foued Mohamed Aggad, un des tueurs du Bataclan. Le journal Le Monde a signalé que 58 des 59 attentats déjoués depuis six ans l'avaient été grâce à des sources humaines et Mediapart a évoqué au moins quatre attentats de masse qui, depuis le 13-Novembre, avaient été déjoués grâce à un témoignage humain récolté dans l'entourage d'un terroriste.

(1) : «Abominor» : l'histoire d'une taupe française au cœur de l'État islamique, Matthieu Suc, Mediapart, 11 février 2020.

∴

Par conséquent, la DGSI était un service malin et efficace. Mais le renseignement n'est pas une science exacte et il pouvait y avoir de gros loupés. Par exemple les ratés de la police belge avant les attentats du 13 novembre 2015 qui avaient fait 130 morts à Paris et à Saint-Denis, et où sont apparus a posteriori plusieurs dysfonctionnements dans le suivi de plusieurs terroristes de la cellule de l'organisation État islamique (EI) : un de ses responsables opérationnels, le Belge Abdelhamid Abaaoud, qui a participé aux attaques des terrasses parisiennes avant d'être tué lors d'un assaut du RAID à Saint-Denis ; Brahim Abdeslam, un autre membre du commando des terrasses qui s'est fait exploser au café Comptoir Voltaire ; et son frère Salah, seul membre du commando encore en vie et principal accusé du procès à Paris des attentats du 13-Novembre.

Ces manquements – partiellement imputables à « un manque cruel de moyens matériels et humains » – ne doivent pas faire oublier les failles du côté français. Devant la commission parlementaire française, les responsables du renseignement intérieur et extérieur français avaient eux aussi reconnu un « échec » de leurs services. Mais cette cellule s'étant regroupée, préparée et armée à Bruxelles, le retour d'expérience belge permet de mieux comprendre comment l'attentat le plus meurtrier perpétré en Europe par l'EI a pu avoir lieu.

Comme tous les policiers de la DGSI, André Ormus avait lu attentivement le rapport parlementaire de la commission d'enquête 5 juillet 2016, relative aux moyens mis en œuvre par l'État pour lutter contre le terrorisme depuis le 7 janvier 2015, sous la direction de Georges Fenech, président et Sébastien Pietrasanta, rapporteur [1]. Tous ces mots de la démocratie étaient-ils utiles face à la barbarie terroriste ? André Ormus pensait que oui. Le soutien des élus de la Nation aux combattants de l'ombre de la DGSI était toujours bon à prendre ; en outre, prendre le recul nécessaire pour une réflexion sur cette thématique était un exercice indispensable. L'acte terroriste est une brève accélération de l'histoire, comme un galet qui vient perturber la surface calme de la rivière ; il faut agir rapidement, toutes sirènes hurlantes ; puis comprendre les motivations et le modus operandi des tueurs, afin d'éviter la prochaine attaque. Après tant d'années à traquer ces terroristes, André Ormus n'arrivait toujours pas à admettre leur lâcheté et leur violence.

Quant au rapport de l'Assemblée nationale, il était touffu et intelligent. Il commençait logiquement par un « avant-propos de M. Georges Fenech, président de la commission d'enquête » : « Le 20 janvier 2016, à l'initiative du groupe Les Républicains, notre Assemblée a adopté la proposition de résolution tendant à créer une commission d'enquête sur les

(1) : www.assemblee-nationale.fr/14/rap-enq/r3922-t1.asp

moyens mis en œuvre par l'État pour lutter contre le terrorisme, depuis le 7 janvier 2015.

Dans l'exposé des motifs, il était précisé qu'« au lendemain des terribles attentats du 13 novembre 2015, nous ne pouvions que nous interroger à nouveau sur l'efficacité de l'ensemble des moyens engagés par toutes les administrations d'État, en charge de la lutte contre le terrorisme (police nationale, gendarmerie, armée, justice, budget, renseignements), depuis janvier 2015 ». (...)

« Le combat n'est pas terminé. Il sera long, sans doute, mais il verra notre pays triompher car, ainsi que le rappelait fort justement le président de la République dans son discours du 16 novembre dernier, « la République française a surmonté bien d'autres épreuves » et « ceux qui ont entendu la défier ont toujours été les perdants de l'histoire ».

Le rapport parlementaire évoquait ensuite la chronologie des attaques des 7, 8 et 9 janvier 2015 : l'attaque de *Charlie Hebdo*, le meurtre commis par Amedy Coulibaly et la fuite des frères Kouachi et l'attaque à *l'Hypercacher* ; la chronologie et le récit glaçant des attaques du 13 novembre 2015 : les attentats perpétrés au Stade de France, les fusillades sur les terrasses des bars et des restaurants parisiens et l'explosion au *Comptoir Voltaire*, la tuerie de masse au *Bataclan (*à laquelle mit fin une « action exemplaire » d'un commissaire divisionnaire et de son chauffeur), la prise d'otages au *Bataclan* après 22 heures. Le délire terroriste au cœur de Paris. Une violence inouïe et une barbarie innommable, pour rien. André Ormus était écœuré.

Le long inventaire détaillé était technique mais intéressant et précédait la réflexion sur « le défi majeur » auquel devaient faire face les services de renseignement, en raison de la « menace sans précédent » à laquelle était exposée la France. Cette menace se déclinait en trois parties : les filières bien structurées de Daech ; les menaces provenant d'individus isolés et d'Al-Qaïda ; les menaces pesant sur les intérêts et ressortissants français à l'étranger.

André Ormus lut attentivement cette phrase : « L'analyse des attentats de 2015, et particulièrement du 13 novembre, a permis d'aboutir à un constat partagé : l'action très rapide des unités primo-intervenantes est critique pour briser le processus d'une tuerie de masse et minimiser le nombre de victimes face à des terroristes djihadistes, déterminés à massacrer le plus grand nombre d'innocents et avec lesquels aucune négociation n'est possible. En effet, lors de l'attaque du Théâtre du Bataclan, le mode d'action des forces de l'ordre n'a pas permis d'éviter une tuerie de masse, en particulier les délais d'intervention. En effet, alors que le commando terroriste a lancé l'opération à 21 h 40, les premiers policiers de la BRI n'ont pu se rendre sur place qu'à 22 h 15 avant que le préfet de police autorise l'assaut à 23 h 45 et que ce dernier soit effectivement lancé à 00 h 20. Dans l'arrêt de la tuerie, le facteur déterminant a été, dès 21 h 54, l'intervention d'un commissaire de police de la BAC, en route vers le Stade de France, qui a, de sa propre initiative, pris ses responsabilités et décidé de s'introduire et abattre l'un des terroristes, Samy Amimour. L'action courageuse et exemplaire de cet agent primo-intervenant « de premier niveau » a mis un terme à l'exécution du plan du commando terroriste et sans doute permis d'éviter des dizaines de morts, si ce n'est plus, eu égard au nombre de victimes dans le premier quart d'heure de l'attaque. »

Alors que penser ? Le dispositif a été efficace puisqu'il a permis de neutraliser tous les terroristes. Mais l'élément déterminant restera l'acte héroïque d'un homme et de ses subordonnés, les policiers de la BAC de nuit de Paris, héros « oubliés » de l'assaut du Bataclan et appelés par radio en renfort par leur commissaire divisionnaire ; trois d'entre eux se constituèrent partie civile au procès du 13-Novembre, afin que leur rôle soit reconnu. Le commissaire C. a exposé la suite des opérations en 2016 devant la commission d'enquête parlementaire sur la lutte antiterroriste, présidée par le député Georges Fenech : « Nous avons commencé à aller chercher les victimes sans savoir où se trouvaient les terroristes. Nous sommes donc intervenus sans être protégés. (...) Nous étions obligés d'enjamber ou de déplacer des personnes décédées. Il y avait également des personnes dont nous savions très bien qu'elles étaient blessées sérieusement mais qu'il fallait que l'on extraie quand même, sans pouvoir utiliser les gestes de secours habituels pour le transport des victimes. Nous les avons tirées comme on pouvait. » Le brigadier Alain Giraud, aujourd'hui retraité, écrit quant à lui : « Les lumières étaient allumées et elles éclairaient toute la salle de spectacle. J'ai pu apercevoir des dizaines de personnes sans vie, atrocement mutilées par les balles. D'autres qui levaient les bras et réclamaient de l'aide, certaines appelaient au secours. Des téléphones portables au sol s'allumaient. J'ai senti une odeur de sang et de poudre mêlés. (...) Mes chaussures glissaient sur le sang et je devais éviter de marcher sur les chairs humaines qui gisaient au sol. » André Ormus avait lu des récits encore plus terribles sur les actes barbares inutilement commis ce soir-là par les terroristes mais, par respect pour les victimes, il n'avait pas voulu en conserver le souvenir.

Quant au coupable, il était bien connu : c'était l'islamisme en France. Fallait-il en avoir peur ? C'était la question à laquelle essayaient de répondre des gens comme Haoues Seniguer, maître de conférences en sciences politiques à Sciences-Po Lyon. Le terme même d'islamisme posait un problème : André Ormus avait discuté un jour avec un chauffeur de taxi, musulman, qui s'insurgeait sur cette qualification devenue péjorative, contrairement au catholicisme, au judaïsme, au protestantisme, etc. ; pour lui, il fallait parler d'intégrisme musulman, qu'il condamnait fermement. Pour en revenir au spécialiste Haoues Seniguer, il admettait en mai 2021 dans la presse la réalité d'un problème en France, mais ajoutait que si l'islamisme a été incapable de modifier l'ordre sociopolitique dans des pays comme la Tunisie ou le Maroc, « il n'a a fortiori aucune chance en France ! Nous sommes dans un pays où l'islam est minoritaire, nous vivons en régime de laïcité qui est vivant. Je crois vraiment que la société française est vaccinée depuis longtemps contre les tentatives hégémoniques de groupes religieux minoritaires, même si elle doit rester vigilante. »

Cette réalité minoritaire avait surtout pour terreau le salafisme, déterminant dans l'engagement d'au moins la moitié des djihadistes français, selon l'ouvrage d'Hakim El Karoui et Benjamin Hodayé, *Les militants du djihad*, paru aux éditions Fayard en 2021 : « L'idéologie djihadiste allie le sentiment d'appartenance à une communauté religieuse à une forme d'engagement politico-militaire subversif. Les trajectoires de radicalisation de jeunes musulmans s'expliquent par la cohérence apparente d'une pensée fondée sur une lecture réductrice et violente des préceptes de l'islam. *Il faut comprendre que lorsqu'on lutte contre la violence jihadiste, on lutte aussi contre un projet politique et idéologique.* L'analyse sociologique montre l'homogénéité sociale et géographique du phénomène et la préexistence de failles personnelles, qui peuvent rendre les individus vulnérables aux discours radicaux. Enfin, la reconstitution des réseaux éclaire la mécanique exacte du militantisme, du recrutement et de l'engagement sur des territoires précaires travaillés de longue date par l'islamisme politique. »

Ces dérives étaient-elles le fruit de la haine en ligne, de l'absence de filtres rationnels et éducatifs sur les réseaux sociaux ? C'était l'un des aspects du problème, reconnu au plus sommet de l'État, puisque le président de la République Emmanuel Macron avait organisé en 2021 un sommet virtuel sur le terrorisme en ligne, avec une visioconférence des leaders signataires de « l'appel de Christchurch » contre les contenus terroristes et extrémistes sur internet. Avec la première ministre de Nouvelle-Zélande Jacinda Ardern, il avait fait « le point sur les avancées réalisées » pour obtenir des plateformes numériques le blocage de ces contenus, deux ans jour pour jour après le massacre de Christchurch (Nouvelle-Zélande). L'Appel de Christchurch avait été lancé par ces deux dirigeants après ce massacre qui avait fait 51 morts dans deux mosquées. Équipé d'une caméra, le tueur avait filmé en direct ses meurtres, dont les images avaient été largement diffusées sur internet . Cette action avait entraîné une réforme du Forum mondial d'internet contre le terrorisme (GIFCT), initialement fondé par Facebook, Microsoft, Twitter et YouTube, et devenu désormais un lieu d'échange entre gouvernements et acteurs de l'internet pour bloquer la diffusion de contenus terroristes.

Soit. Des jeunes déstructurés et fanatisés par des vidéos vues sur internet. Mais pas que. Si, grosso modo, la compétence professionnelle d'André Ormus s'arrêtait aux frontières de l'hexagone, le policier de la DGSI savait pertinemment que ses collègues militaires de l'armée française s'étaient courageusement battus en Afrique contre les terroristes islamistes et que la puissante Amérique elle-même avait décidé de quitter le bourbier afghan. Alors où était la vérité de ce cancer islamiste ?

L'Afghanistan. Les talibans avaient tout fait pour s'emparer rapidement de la principale zone de production d'opium dans leur pays, la province du Helmand, source à elle seule de près de la moitié de l'héroïne dans le monde. « L'Afghanistan ne doit pas redevenir le sanctuaire du terrorisme qu'il a été », avait affirmé le chef de l'État Emmanuel Macron lors d'une allocution télévisée à la suite d'un conseil de défense consacré à la prise de pouvoir des talibans à Kaboul. Quant au Conseil de sécurité des Nations Unies, il avait insisté sur « l'importance de la lutte contre le terrorisme en Afghanistan, pour s'assurer que le territoire afghan ne soit pas utilisé pour menacer ou attaquer quelque pays que ce soit, et que ni les talibans ni aucun autre groupe ou individu afghan ne soutiennent des terroristes opérant sur le territoire d'un autre pays ». La déclaration conjointe appelait « à la fin immédiate de toutes les hostilités et à la mise en place, par le biais de négociations élargies, d'un nouveau gouvernement uni et représentatif, incluant notamment la participation pleine, entière et significative des femmes ». C'était en 2021.

Ces mises en garde n'étaient pas vaines. Al-Qaïda avait multiplié les menaces contre notre pays et avait gardé des relations très proches avec les talibans. Et l'islamisme radical reproche à la France la publication de caricatures de Mahomet ainsi que la laïcité. Les services de renseignement français s'inquiètent par conséquent de la reconstitution éventuelle de foyers d'Al-Qaïda en Afghanistan, qui redeviendrait une base arrière, avec des attentats préparés depuis l'étranger et des terroristes envoyés en France, comme ce fut le cas pour 13-Novembre. Les talibans ont libéré des milliers de détenus de la prison de Pul-E-Charki, parmi lesquels se trouvaient de nombreux de combattants d'Al-Qaïda. Autre souci, le départ de jihadistes français pour l'Afghanistan (entre 1996 et 2001, un peu moins d'une centaine). L'auteur des attentats de Toulouse en 2011, Mohamed Merah, y avait séjourné l'année précédant son passage à l'acte. Cependant, le risque de nouveaux départs de Français pour accomplir leur « hijra » en Afghanistan est limité car la Syrie était plus facile d'accès que l'Afghanistan. Il reste le cas de la menace « endogène », des individus présents sur le territoire français, isolés, sans lien direct avec une organisation terroriste, avec parfois des troubles psychiatriques. Enfin, il existe le risque d'infiltration de terroristes parmi les exilés en Europe. Plusieurs terroristes du 13-Novembre avaient à l'époque profité des flux migratoires provoqués par la crise syrienne pour pénétrer l'Europe.

Afghanistan = opium ? Il fallait ajouter pour ce pays le lithium, matériel incontournable pour les batteries de véhicules électriques.

En attendant, le Malien Iyad Ag Ghali, chef djihadiste du Groupe de soutien de l'islam et des musulmans (GSIM), la branche sahélienne d'Al-Qaida, a rendu hommage à « l'émirat islamique d'Afghanistan, à l'occasion du retrait des forces américaines d'invasion et de leurs alliés ».

L'ordinateur d'André Ormus émit un petit son d'alerte, signe de l'arrivée d'une information, un signal faible, pour reprendre la terminologie en usage. Le policier jeta un coup d'œil sur le message : cinq jeunes femmes en burkini avaient été interdites de baignade à Muret-plage et sorties de l'eau par des agents de la mairie. En signe de protestation, l'une d'entre elles avait posté une vidéo Tiktok, qui avait été vue plus de 48 000 vues. Cette tenue de bain, qui cache l'intégralité du corps, n'est pas clairement interdite par la loi de 2010 contre le voile intégral, ni par la Constitution française, d'où un flou juridique qui complique la tâche des maires pour faire respecter la laïcité.

Un autre message arriva presque aussitôt après et annonçait la découverte par une patrouille de la brigade spécialisée de terrain (BST) de la police nationale du Mirail d'un arsenal de guerre dans le quartier de la Reynerie à Toulouse : armes, gilets pare-balles, drogue et argent liquide. Au moins deux des suspects étaient déjà connus de la police pour leur participation active au trafic de stupéfiants. Aucun rapport a priori avec le terrorisme. Même si certains « clients » d'André Ormus avaient la particularité de faire usage de drogues ou de financer leurs activités par le trafic de stupéfiants.

Le terrorisme à Toulouse. Lors du procès des attentats du 13 novembre par Daech à Paris, le quotidien *Libération* relate que « sous le matricule 020SI, une enquêtrice esquisse l'histoire d'une famille vivant à Toulouse, depuis le début des années 2000, en « clan très fermé selon les principes de la charia ». Dans leurs appartements, « les murs sont tapissés de photos de La Mecque. Les pièces communes sont séparées en deux par des draps tendus pour séparer les hommes et les femmes. Les femmes sont dissimulées sous d'épaisses burqas noires », selon un rapport de la DGSI datant de 2003. D'abord de confession catholique, la famille s'est convertie à l'islam sous l'influence de Fabien et Jean-Michel Clain. Les deux frères évoluent dans « la mouvance radicale toulousaine et en deviennent même des figures emblématiques » par leur prosélytisme, retrace l'enquêtrice. Ils fréquentent alors un groupe de salafistes et prônent un discours « de plus en plus en plus violent envers les kouffars et les mécréants ». » Toujours selon la DGSI, les attentats à Paris avaient été planifiés en Syrie par Abou Mohammed al-Adnani, Oussama Atar et les frères El-Bakraoui, avec l'aide opérationnelle du jihadiste belge Abdelhamid Abaaoud.

« Si Abaaoud avait fait l'objet en Grèce d'un contrôle biométrique avec interconnexion des fichiers, il aurait été interpellé. Vous avez beau ficher les terroristes, que voulez-vous faire si vous ne les passez pas par ce tamis ? Si vous voulez faire un contrôle frontière, il faut de la technologie, là vous aurez des résultats. » Ce constat de Patrick Calvar, l'ancien patron de la DGSI, s'accompagnait d'une question qui dépassait les compétences policières : « C'est un débat de société : voulons-nous une société de plus grande surveillance ? Les technologies existent. Mais est-ce que nous voulons un peu moins de liberté ? »

André Ormus avait été invité aux cérémonies d'hommage aux victimes des tueries perpétrées par le terroriste Mohamed Merah à Toulouse. Dix ans après, la ville restait traumatisée par cette affaire. Dans un entretien exclusif au quotidien régional La Dépêche du Midi, le commissaire divisionnaire Christian Ballé-Andui, patron du Renseignement intérieur à Toulouse entre 2008 et 2013, qui connaissait parfaitement le dossier Merah et la nébuleuse djihadiste toulousaine, affirmait que dix ans après les attentats de Toulouse et Montauban, : « pas une journée ne se passe sans que je pense aux victimes. Aux enfants, aux militaires, et forcément, aux enchaînements qui ont conduit à ces attentats meurtriers » ; mais qu'il n'avait pas de remords « parce que je n'ai pas le sentiment d'avoir failli. Avec mon équipe, nous avons repéré et identifié une menace. Nous l'avons signalée. Nous avons même demandé la judiciarisation de Mohammed Merah à deux reprises en juin 2011. Ces demandes visaient son interpellation, la perquisition de son logement et l'analyse de ses moyens de transmission. Aucune de ces demandes n'a été transmise au parquet antiterroriste de Paris. »

Les cérémonies furent émouvantes et solennelles, en présence du Président de la République Emmanuel Macron et de son homologue israélien, Isaac Herzog, ainsi que des anciens présidents de la République, Nicolas Sarkozy et François Hollande. Avait été frappée l'école juive Ohr Torah (ex-école Ozar Hatorah), avec l'assassinat du professeur Jonathan Sandler, 30 ans, de ses deux enfants, Gabriel, 3 ans, Arié, 6 ans, et de la petite Myriam Monsonego, 8 ans, fille du directeur de l'école. Quelques jours avant avaient été tués trois militaires français, Imad Ibn Ziaten, Abel Chennouf et Mohamed Legouad, ainsi qu'un quatrième soldat, Loïc Liber, aujourd'hui tétraplégique. Des actes terroristes barbares et impardonnables.

Dans le prolongement de ces cérémonies d'hommage aux victimes avait été organisée une table ronde à la Halle aux grains de Toulouse, avec l'essayiste Caroline Fourest, l'autrice Rachel Khan, le politologue Dominique Reynié, l'ancien Premier ministre Manuel Valls, le sociologue Bernard Rougier et la spécialiste de l'idéologie islamiste Anne-Clémentine Larroque. Un article de La Dépêche du Midi [1] rendait compte de cette table ronde : Caroline Fourest, « qui se souvient d'avoir vu des "militants islamistes main dans la main avec des militants d'extrême gauche", lors d'une confé-

(1) : Béatrice Dillies, « Montée de l'islamisme : "Si on répète à un jeune que la France est méchante, il devient fou" », La Dépêche du Midi, 21 mars 2022.

rence sur l'antiracisme en Afrique du Sud en 2001, dénonçait "l'amalgame antisémitisme antisionisme", dans un contexte de deuxième intifada. Elle a évoqué le "déni" d'une partie de cette gauche dont elle est issue, une gauche tétanisée par la "peur de condamner... par peur de faire monter l'extrême droite". Pour autant, le politologue Dominique Reynié prétend aujourd'hui que la France n'est toujours "pas en mesure de commencer à lutter vraiment contre l'antisémitisme" à l'heure où les "islamistes recrutent sur TikTok et pas dans la rue". Dans leur collimateur, une jeunesse touchée par "l'idéologie victimaire" dénoncée par l'avocat Richard Malka. "Si on répète à un jeune que la France est méchante, que ce qu'il vit est injuste, que la France ne l'aime pas ; il devient fou." Mais y aura-t-il assez de chercheurs à l'avenir pour étudier ce phénomène ? Le sociologue Bernard Rougier s'interroge, tant ceux qui veulent travailler sur ces questions sont aujourd'hui "disqualifiés", selon lui. Résultat, "le monde académique ne prend plus le temps d'écouter les prêches, de savoir ce qui se dit dans les quartiers..." Et pourtant, "face au terrorisme, c'est l'unité de la nation qui prime avant tout", insiste l'ancien Premier ministre Manuel Valls. Pas vraiment ce que constate Caroline Fourest, inquiète de voir la montée des propos antisémites chez les Gilets jaunes, les antivax et les pro-Russes dans le conflit qui oppose Poutine à l'Ukraine. »

Une dépêche de l'AFP annonça brusquement sur l'écran de l'ordinateur d'André Ormus le décès de

Shirel Aboukrat, une jeune policière franco-israélienne âgée de 19 ans, tuée dans une attaque revendiquée par l'État islamique dans la ville israélienne de Hadera (nord), le jour de la visite de responsables arabes et américains.

André Ormus se plongea ensuite dans la lecture d'articles du journal Corse Matin, qui tentaient de comprendre la personnalité de l'assassin d'Yvan Colonna, incarcéré pour sa participation à l'assassinat du préfet de Corse Claude Érignac en 1998. Yvan Colonna avait été tué sauvagement à la maison centrale d'Arles par un détenu DPS-TIS (détenu particulièrement signalé - terroriste islamiste).

Une note de la DGSE signalait une attaque du village de Moura, dans la région de Mopti, au centre du Mali, une opération antiterroriste menée par les forces armées maliennes (FAMa) et des paramilitaires blancs du Groupe Wagner, une entreprise de sécurité privée russe. L'opération a commencé par des hélicoptères qui ont survolé le marché en tirant sur la foule. Puis des soldats maliens et russes ont procédé à un « nettoyage systématique » de la zone, sans véritablement faire de distinction entre les djihadistes et la population locale. Le Groupe Wagner aurait plus d'un millier d'hommes déployés au Mali.

Le journal Libération avait interviewé l'« émir » de la KDN, la « Katiba des Narvalos », un groupe de citoyens anonymes qui complétaient depuis 2015 le travail des services de renseignement en chassant les jihadistes en ligne et en infiltrant certains de leurs groupes de conversation sur les réseaux sociaux. Certaines des informations obtenues par la KDN étaient suffisamment intéressantes pour être transmises à la DGSI.

Une nouvelle dépêche de l'AFP relatait l'ouverture à Paris du procès de l'imam franco-syrien Bassam Ayachi, âgé de 75 ans, arrêté en France en mars 2018 et figure de l'islamisme belge, jugé pour association de malfaiteurs terroriste, en raison de ses activités dans la région d'Idleb entre 2014 et 2018. Le parquet national antiterroriste lui reprochait d'avoir exercé des responsabilités au sein du groupe islamo-nationaliste Ahrar al-Sham et d'avoir « pactisé » avec le Front al-Nosra (la branche syrienne d'Al-Qaïda), ou encore d'avoir fréquenté le groupe du Français Omar « Omsen » Diaby, considéré comme le recruteur de dizaines de jihadistes. Bassam Ayachi a perdu un bras en Syrie en 2015, lors d'une explosion qu'il attribue au groupe État islamique auquel il s'est opposé, car il affirme avoir été un informateur des services secrets français et belges. Le ministère de la défense a rejeté au nom du secret-défense deux demandes de déclassification du magistrat instructeur mais la représentante du parquet national antiterroriste a précisé que le rôle d'informateur de Bassam Ayachi ne serait pas « contesté » pendant les débats judiciaires. Le juge d'instruction a estimé pour sa part que cet élément « ne fait qu'ajouter un mobile (plus noble) » à l'action de l'imam, mais ne fait « nullement disparaître l'infraction. » Bassam Ayachi se défendait en déclarant : « J'étais au service de la France, comme mon père m'a appris. (...) J'ai appris la justice, la fraternité, l'égalité en France, celui qui touche à ma France, il touche à mon pays. (...). Je suis devant vous maintenant, madame la présidente, en tant que terroriste, or j'ai combattu les terroristes (...) j'ai perdu mon bras par eux ! »

Un quadragénaire, qui se serait converti à un courant radical de l'Islam, a été mis en examen pour « viols sur mineurs » et placé en détention provisoire, pour des faits qui se seraient notamment produits dans une maison isolée à Nogaro [1]. A la suite de la plainte déposée contre l'administration par la famille de Samuel Paty, assassiné en octobre 2020, le ministre de l'Intérieur, Gérald Darmanin, a affirmé sur BFMTV « comprendre la volonté » de la famille « de connaître toute la vérité », tout en assurant que les autorités n'avaient « rien à cacher » : « Il faudra et c'est normal que l'État dise tout ce qu'il a pu faire et il n'aura pas à rougir de ce qu'il a fait ». La veille, la famille d'Yvan Colonna, le militant indépendantiste corse condamné pour l'assassinat du préfet Erignac, avait engagé une action contre l'État devant le tribunal administratif de Marseille pour son agression mortelle par un codétenu à la prison d'Arles.

(1) : Vincent Couet-Lannes, « Viols sur mineurs, actes de barbarie : la maison de l'horreur à Nogaro dans le Gers », La Dépêche du Midi, 7 avril 2022.

Cela faisait un an jour pour jour qu'Olivier Dubois, journaliste indépendant basé au Mali, correspondant du quotidien Libération, et de l'hebdomadaire Le Point, avait été enlevé à Gao par un groupe jihadiste. À cette occasion, sa famille a publié sur internet une vidéo de quatre-vingts secondes pour entretenir la mobilisation.

Le policier de la DGSI se plongea enfin dans la lecture d'une note sur la première visite en Afghanistan du chef de la diplomatie chinoise, Wang Yi, depuis l'arrivée au pouvoir des fondamentalistes islamistes. La Chine possède en effet une courte frontière de 76 kilomètres à très haute altitude avec l'Afghanistan et Pékin ne souhaite pas que l'Afghanistan devienne une base arrière pour les séparatistes et islamistes de l'ethnie locale ouïghoure. Wang Yi a rencontré par conséquent le vice-Premier ministre Abdul Ghani Baradar et le ministre des Affaires étrangères Amir Khan Muttaqi. Une nouvelle fois depuis leur retour au pouvoir, les talibans ont promis que leur pays ne servirait pas de base à des groupes armés étrangers. Lors du premier gouvernement taliban, l'Afghanistan avait hébergé Oussama ben Laden et plusieurs hauts responsables du mouvement Al-Qaïda à la suite des attentats du 11-Septembre, ce qui avait entraîné une intervention militaire américaine. Lors de cette nouvelle rencontre, L'Émirat islamique a déclaré vouloir « étendre davantage ses liens » avec la Chine, notamment économiques et politiques et les interlocuteurs afghans et chinois ont évoqué des travaux miniers en

Afghanistan ; depuis 2007, la Chine exploite la mine géante de cuivre d'Aynak (deuxième gisement mondial), près de la capitale afghane et l'Afghanistan adhère au projet d'infrastructures des « Nouvelles routes de la soie ». Outre le chef de la diplomatie chinoise, l'envoyé spécial russe pour l'Afghanistan, Zamir Kabulov, s'est aussi rendu à Kaboul pour s'entretenir avec des responsables talibans.

André Ormus décida d'éteindre son ordinateur et de proposer aux petits gars de sa section d'aller boire un verre dans un bar joyeux des allées Jean Jaurès à Toulouse.

∴

Postface

Honneur à Schliemann, mais sur Troie 7 et 8 des restes calcinés et pas de trace de cheval, une légende mais sans bureau.

Pierre Léoutre, bon connaisseur de l'antiterrorisme et notamment de l'affaire Merah dans son Landerneau toulousain, a dans cette semi-fiction rassemblé ce qui était épars et donne un état des lieux de la lutte antiterroriste en France, sans s'appesantir sur des techniques et des tactiques qui n'ont pas à être dévoilées au grand public et qui ressortent de la plus absolue confidentialité voire du secret-défense.

Il nous plonge dans une intrigue qui est là pour permettre l'agrégation factuelle de beaucoup d'éléments de l'histoire récente de cette lutte, des moyens déployés de la création du parquet national terroriste depuis la nouvelle flambée sur notre territoire d'actions barbares dégradantes et qui révulsent la population créant une véritable psychose mais posant la question de l'équilibre juste entre sécurité et liberté, la tentation de la loi nouvelle pour contenter l'opinion public à chaque nouveau fait spécifique et une tendance à surréagir pris entre l'immédiateté de la menace et des résultats attendus et le temps long de la compréhension et de la maîtrise.

On peut regretter qu'il n'ait pas convoqué la Bible du terrorisme, à travers le magnifique ouvrage collectif qui aide à mieux comprendre les processus de révolte armée violente et ciblée au cours des âges, démontant les évolutions historiques et les réalités sociologiques pour mettre en scène de nouveaux acteurs.

Thierry Jamin

Histoire du terrorisme : de l'Antiquité à Daech
Sous la direction de Gérard Chaliand
Fayard, 2015

Nous vivons à l'heure du terrorisme, et nous ignorons son histoire. Pris par la violence des images, la surenchère des menaces, la confusion de l'information « en continu », nous laissons finalement peu de place à la réflexion et à l'analyse. Il est pourtant urgent de chercher à comprendre le phénomène terroriste.

Avec le concours de spécialistes internationaux, Gérard Chaliand et Arnaud Blin retracent dans cet ouvrage l'histoire du terrorisme, depuis l'Antiquité jusqu'à ses formes les plus récentes, et nous font comprendre combien la perception du terrorisme a évolué. L'islamisme radical est ainsi replacé dans son contexte historique. Seule cette profondeur de vue peut nous permettre de cerner les enjeux actuels de ce phénomène, dont les effets sont loin d'être épuisés.

Les auteurs ont aussi réuni pour ce livre les discours, manifestes et autres textes théoriques des acteurs principaux du terrorisme, de Bakounine à Ben Laden - la plupart inédits en français. Ce que vous avez entre les mains, lecteurs, c'est la première grande encyclopédie du terrorisme.

Édition :

BoD – Books on Demand, 12/14
rond-point des Champs-Élysées,
75008 Paris

Impression :

BoD - Books on Demand, Norderstedt, Allemagne

N° ISBN : 9782322406517

Dépôt légal : avril 2022

www.bod.fr

Avec le soutien de l'association Le 122
Maison des écrivains
15, rue Jules de Sardac
32700 Lectoure